청어詩人選 314

사색하는 벌레의
산책

채종기 시집

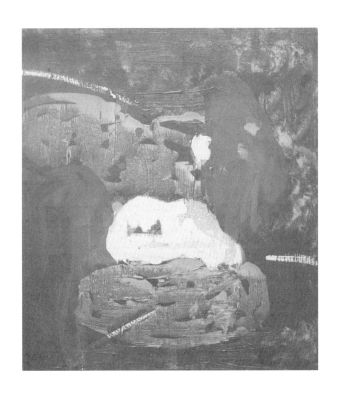

청어

사색하는 벌레의
산책

채종기 시집

시인의 말

주로 꼭두새벽에 시를 썼다. 새벽의 적막은 희로애락을 통한 생사의 진행이다. 이 풍진 세상을 이끌고 가는 출발점이고 서막이지만 의도적으로 시를 쓰려고 한 적은 없다.

고뇌에 차 있을 때나 격한 감정이 밀려올 때, 환희에 찬 기쁨과 감사의 마음을 가슴 깊이 느낄 때나 생사를 두고 울부짖는 사건 현장을 기사나 뉴스를 통하여 자식과 형제자매를 둔 가족의 심정으로 시를 포용했을 뿐이다.

십여 년 전, 가족에게 자애로우셨던 아버님이 세상을 뜨셨다. 아흔을 넘기신 어머님의 밭고랑 같은 주름살을 대할 때마다 더 잘해 드리려고 다짐하면서 자석처럼 가까운 친지나 지인들의 죽음을 되돌아보면 시가 써지곤 했다.

아가들의 갓 편 목화 같은 고사리손을 볼 때도 전류가 흐르듯 시심이 넘실거렸다.

세월호 사건을 대하고는 한때 교직에서 마주하였던 학생들을 회상하며 sns 상에 글을 올렸을 때 답글 중에 상당수가 좋은 시라는 평을 했다. 내 감정을 추스르기 위해 머릿속을 기어 다니는 벌레들을 잡았을 뿐이다. 그 벌레들을 꺼내지 않으면 미칠 것 같아서다.

때로는 심연에서 솟구쳐 오르는 슬픔을 소금물로 씻듯이 눈물을 흘리기도 했고, 기쁨이 넘치면 환희의 눈물을 온천 같이 쏟아내기도 했다. 어쩌면 나이로 인한 생리현상일 수도 있다. 하지만 청국장 냄새처럼 사방에 배어 나와서 시상을 활짝 펴기로 마음을 열었다.

꼭두새벽에 선승처럼 일어나는 사람이 나뿐이랴. 저마다 벌레를 키우고 있을 것이다. 시의 행간에 사는 내 벌레는 다정하고 착실하다.

2021년 초겨울에
은암 채종기

사색하는 벌레의 산책

제2부   자연을 먹고 마시며 인생을 즐긴다

제3부　사람이니까 살면서 사랑하면서

제4부 여행은 새로운 만남이다

제5부 　어떻게 살아야 하는지 잊지 말아야지

제1부

나는 자연을 닮고 싶다

천리향의 득음

꽃샘추위에도 매향은 천 리를 간다는데
앉아서 천 리, 서서 만 리를 알고 싶다

맹추위를 버틴 인고의 세월도
고통에서 도를 찾는 기쁨이라면
고드름도 겨울에 쓴 편지로다

꽃샘추위 지나면
매화 꽃잎 날리며 봄이 가겠지
세상엔 영원한 건 없으니까

아름다움도 젊은 한때
천리향은 천 리를 내다보았으니
삭풍이 오는 계절을 기다려야지.

고사리가 돋는 산야

봄 햇살이 땅을 데운다
겨우내 움츠렸던 동면을 깨고
며칠이 지났더니 꿈결 같은데
들판엔 연초록 대군이 몰려와서
온통 초록 물감을 풀어놓았더니
고사리가 봄맞이한다고 난리다
가시덤불에 돋은 고사리는 늘씬하여
꺾는 촉감이 부드러워서 좋다
하지만 어떤 고사리는
세파에 시달린 할아버지 등허리
앙상한 줄기는 아버지의 고뇌 같지만
손주가 재롱을 피우는 산나물이기에
향긋한 봄기운을 길손에게도 전하기를.

춘정

샛노란 매실주를 마시며
시 한 수 읊다 보니
변덕스러운 비바람에
춘풍은 진달래를 흔들고
취기만 더해가네

취할수록 햇볕이 아쉽고
일몰이 적막에 싸이는 동안
옥잠화 향기 여우비에 쓸려가니
불현듯 산골 여인 눈웃음이 떠올라
야릇한 분 냄새가 그립구나.

계절의 마법

영원할 것 같았던 삭풍
슬며시 밀려드는 춘풍에
꼬리 감추고

지열에 힘입어 솟아나는 새순
백설의 흔적은 찾기 힘드네

어느덧 반세기를 쌓은 세월
빛바랜 일기장도
양떼구름보다 소중하여

마법에도 꿈쩍하지 않는
연잎에 들어간 개구리가
화사한 봄볕으로 그림자를 품네.

내 그럴 줄 알았다

인고의 시간을 보내고
잔설을 머리에 인 복수초
양지바른 곳이 펼쳐질수록
혹독한 추위도 금방 잊었다

여기저기 화들짝 피는 꽃소식에
우리 동네도 며칠 사이에
신의 은총이 내린 꽃동네가 되어
신천지를 선물 받은 기쁨을 누렸다

꽃샘추위에도 미소를 잃지 않은 벚꽃
시나브로 떨어지면 몸이 으스스해서
장롱에 넣은 외투 꺼내 입고는
죄 없는 날씨를 탓한다

내 그럴 줄 알았다
봄은 쉬이 와서 무작정 여름으로 변하고
사랑은 어렵게 와서 쉽게 떠나기에
깨우치면서 입춘대길을 대문에 써야지.

변덕

날씨는 하루가 멀다 하듯
엿장수 엿 치는 소리처럼 춤을 추고
사람들은 끗발 좋은 화투패를 잡은 양
빵빵이 노름에 정신이 쏠려있네
계절이 철 따라 변하고 날씨가 다름은
수억 년 동안 지구가 나타낸 역사인데
사람들은 요즘 날씨 변덕이 심하다고 하네
뒷산 바위는 비가 오나 눈이 오나 그대로인데
인간은 변덕이 심해서 오락가락하지
언제는 좋다고 사랑한다 하고
금방 싫증내고 원수처럼 으르렁대고
배고플 땐 다 맛 좋다고 호들갑 떨다가
배 불면 거들떠보지도 않는 심술을 피우지
그러니까 인간이 장마전선이거나 태풍이므로
날씨 탓을 하지 말지어다.

꽃무릇 인생
-2020.9.30. 잠월미술관에서

산야에 펼쳐진 개가재무릇
화염에 싸인 산불처럼
넓다란 다홍치마 출렁이듯
남자의 마음 휘감는다

붉게 피어서 향기 은은하여
뭇 남정네의 사랑받고
보랏빛 연분홍으로 피지만

잎이 있으면 꽃이 없고
꽃이 피면 잎이 보이지 않아
꽃과 잎이 서로 그리워한다고
꽃말이 숨바꼭질 사랑이라서
나름의 고통을 어찌 알리오

그래서 화무십일홍인 것은
피어서 벌나비를 만나지만
꽃이 오래 피면 고통이라고
고운 몸짓으로 서서히 시든다.

단풍의 독대

수채화로 그린 봄 풍경은
물안개마다 물방울 보석

모진 염천에 시달린 사람들
계곡 물줄기에 몸을 씻고

하늘이 높아갈수록
산엔 불꽃처럼 번지는 단풍

낙엽은 전장으로 떠나는
화랑들이 남긴 마지막 분장.

단풍잎

인고의 세월을 견딘 나무가
살포시 키운 연둣빛 아가손

봄바람 아지랑이 머금고
불볕더위에도 짙푸르러서
나무를 보듬는 엄마손 되었네

장마 뒤에 찬바람 불어
겨울 채비하느라고 예쁜 장갑
서둘러 챙겨 끼었는데

속절없이 내리는 진눈깨비
빈 밭에 사는 허수아비도
원두막을 바라보며 젖어버렸네.

구절초 가을 여인

구절초를 좋아하는 가을 여인은
쪽빛 가을 하늘 쳐다보면서
소태 같은 인고의 세월을 이겨내고

바람에 구절초 향기를 씻어내니
화무십일홍이라 덧없는 계절 따라
가을바람에 꿈결 사연이 흩날리네

하지만 여태 코끝에 남겨진 꽃향기
행여 소슬바람에 씻겨질라
명주 머플러로 감싸니
국화 향기마저 서리에 젖고 있네

구절초를 좋아했던 가을 여인도
단풍으로 낙엽으로 살아온 세월
이제 고달픈 삭풍을 건너뛰고
새봄을 기다리면 어떠하리.

가을 남자

비바람에 떨어지는 단풍처럼
이별을 고하는 가을
남자는 빛바랜 낙엽을 밟으며
먼 하늘을 바라본다

아지랑이 피는 봄엔
엉덩이가 큰 여자는
땅에서 봄기운을 받고
우물가 앵두나무도 버린 채
괴나리봇짐을 들고 서울로 간다는데

마디 발 시린 풀벌레가 울고
멀리서 찬 서리가 내려
남자의 넓은 등을 적시면
못 다 이룬 일이 아쉬워 쓸쓸해진다

봄이나 가을이나 자연의 섭리인 것을
역사 뒤엔 여자가 있다는 말처럼
남자는 청둥오리 한 쌍을 그리며
꽃 피는 상처를 깨달음의 향기로 배운다.

낙엽이 가는 길

인고의 세월을 견딘 나무가
낙엽으로 옷을 벗는다

봄바람 아지랑이 머금고
불볕더위에도 짙푸르러서
나무를 보듬는 엄마손 되었네

장마 뒤에 찬바람 불어
겨울 채비하느라고 예쁜 장갑
서둘러 챙겨 끼었는데

속절없이 내리는 진눈깨비
빈 밭에 사는 허수아비도
원두막을 바라보며 젖어버렸네.

동지(冬至)

홀로 사는 사람 괴로워하라고
동지는 짝 잃은 기러기를 고문한다

울음이 깊어서 흐느끼는 소리인가
눈보라는 밤새워 창을 흔드는데
청양고추처럼 맵고 따가운 절기
명주실에도 살얼음이 기웃거려
무정한 잠마저 멀리 떠나는가

밤새도록 염주를 세느라고 줄이 끊겨
나무 구슬이 녹두알처럼 흩어져도
산정은 어둠에 멍든 허벅지인가
꽉 다문 조개처럼 동이 트질 않네

시름이 깊어질수록 유년시절은
어머니의 팥 삶는 구수한 냄새에
꿈은 뒷산 솔방울처럼 정겹게 열리고
백옥 새알 굴리며 이야기꽃을 피워
봄날을 기약하며 마냥 행복했었다

추억이 많은 사람 외롭지 말라고
낮이 길어지면 시름도 줄어들겠지.

겨울의 온기

날씨도 추운데 건너가고 싶으면
걸어서 가라고 강물은 바위처럼 굳어
어떤 낙엽은 봄이 오면 떠나리라고
강 얼음에 누워있는데
살을 에는 겨울바람에 날리는 눈
차마 눈을 녹이면
겨울이 아니라고 할까봐
강은 단단한 길을 펼치고 있는데
눈보라에 가려진 산등을 보며
따끈한 국밥에 술 한 잔으로
언 가슴 녹이고
옛사랑의 불꽃 피워 볼까?

서설(瑞雪)

눈이 내린다
지난해 묵은 때를 씻겨주고
잠시 원시시대로 돌아간다

저 눈 속에 꿩 한 쌍이
발품으로 눈을 헤집는 광경도
마음의 평화로 주신 선물이다

눈이 내리고 내려 봄이 오기를
애절한 농부의 염원 담아
정안수를 떠서 장독대에 올리면

머나먼 곳에서 찾아오는 눈은
자연신의 손길을 내민 축도이기에
서설(瑞雪)은 눈부신 새봄을 기약한다.

겨울과 봄

삭풍이 매서운 동토의 계절엔
두텁고 무거운 외투가
전장에 필요한 무기처럼 느끼다가

매화꽃 피었다고 환호하며
가벼운 옷차림으로 외출을 하니
참으로 조변석개로구나

사계절의 변화는 자연의 이치
시간 지나면 맹추위도 물러가고
개구리 뛰노는 새봄맞이는 당연하지

머지않아 살얼음 어는 혹한이 다시 온다
자연의 이치와 우주의 원리를 깨달았으니
보리수 그늘에 정좌한 부처의 뜻을 새기네.

제2부

자연을 먹고 마시며
인생을 즐긴다

상선약수(上善若水)

동장군의 기세에
유연성을 자랑하던 물은
바위처럼 굳어서 겨울잠을 자고

아직도 풀리지 않은 기상에
서로 끌어안고 견디느라고
막사발 빗금처럼 서로 끌어안는다

물은 세상의 이치가
한 가지로 고착되지 않고
항상 변화한다는 지혜의 물질

때로는 폭포가 되어 흰 피를 흘리면서도
바닥에 닿으면 서로 어깨동무를 하고
낮은 곳으로 흘러 중용을 실천한다.

탐매기행

양기 아쉬운 이른 봄 매향 찾아 떠났네
농가 마을 돌담 옆에 오롯한 고매
꼭 다문 입술처럼 꽃망울로 연정 감추고
연륜의 역사 용트림으로 고목에 매화가 피어

전장을 헤쳐오듯 한파를 이겨낸 계절
산야의 바위처럼 수백 년 풍상을 넘어
고고한 자태 가꾸었으니
한 보름이야 못 기다릴소냐

탁주 한잔에 애끓는 마음 녹이고
지긋이 눈감으니 매화 향기 스며들어
외딴집에 사는 그녀의 시조창이 어른거려
겨우내 봄을 기다렸던 이내 마음 알아주련.

탱자

동네 어귀 돌담장 안에 탱자나무
줄기마다 촘촘히 박힌 가시로 인해
도둑들도 탱자나무로 울타리한 집에는
절대로 들어가지 말라는 속설이 있듯이
탱자나무 울타리 안팎으로는 족제비도
드나들지 못할 정도로 가시투성이다
한여름 된장국에서 건져낸 고동을 까려고
탱자가시를 꺾다가 손가락을 찌르고는
덤벙대던 성격이라 후회가 밀려오지만
5월에 흰 꽃을 피우고 9월에 탱자가 열리는데
황금알처럼 샛노란 빛깔이 눈부시다
탱자는 얇게 저민 뒤 설탕을 넣고 재어
과일청으로 담가 먹으면
달콤하고 쌉쌀한 맛이 일품이다
호기심 많은 유년 시절
탱자를 이로 깨물어 맛보다가
시큼한 맛에 놀라
얼굴을 찡그렸던 추억이 그립다.

매화와 매실

대지에 사는 생명이 깨어남을 알려주려고
매화는 눈발이 흩날리는 이른 봄에 핀다
매실 열매가 좋아서 차츰 매화가 반가웠다
시인과 묵객들이 시를 쓰고 그림을 그리며
선비들의 사랑을 받으면서 사군자가 되었다
매화는 중국을 떠나 한국으로 건너오면서
흰 꽃이 피는 백매와 붉게 피는 홍매에게도
매실을 열게 하여 차로 마시게 했으니
3대 독자를 키우는 듯 매향을 그리며
신이 주신 매실이 영글기를 무척 기다리네.

막막한 술타령

막 지리산을 다니면서
막 캐온 더덕을 먹으니
막걸리 생각나서
막연히 전을 부쳐서
막사발에 한 잔 걸치니
막역한 구들이 생각나네
막가는 세월에 막무가내 인생
막 먹고 막 마시고 막 즐기세.

꼬막의 여행

전라도 벌교 명물 꼬막
그중에 참꼬막이 으뜸이어라

행여 부드러운 속살 다칠까
짠 내음 호기심으로 두리번거리다가
두꺼운 갑옷 둘러썼으니 야무지다
어부의 그물에 걸려 시장에 나오니
분주한 도시인들 발걸음 파도 같은데
뜨거운 물에 데치어 온몸 드러내니
세상 구경도 좋지만 꼬막 일생 어찌할꼬?

바다와 뭍 생활 체험하고 떠나는 길이지만
참꼬막의 일생을 돌아보니 여한이 많아라.

꼬막 전문 식당에서

눈을 떠 보니 노랑 양푼 속
운동회에 모인 아이들처럼
친구들과 옹망종말 모여있네

요리재료라고 갑자기 맹물세례
크산티베 할매 얼굴이 보이고
손자 등목 시키듯 박박 닦아내네

혼미한 정신 곧추세워 보니
갯내음 고향 향기 증발하고
김치 탁주 내음에 소름이 돋네

전쟁 아수라장이 따로 없네
찌그러진 양은 냄비 끓는 물에
삶아지니 여기가 울돌목이 아닌가.

미꾸라지의 꿈

미움이 난무하는 진흙 밭 세상
검게 빛나는 몸으로 무용하듯
천공을 뿜어내며 발버둥친다

아직 사슴뿔은 없으나
짧은 수염은 메기 같아서
용트림하려고 몸부림친다

창공에서 먹구름 타고 날지 못해도
진흙탕에 온몸으로 잠수하는 묘기
뇌성벼락 받는 비룡이 부럽지 않다

꿈은 뜻하는 곳에서 영그는 연근
신출묘기 용이 되면 떠나야 하니
차라리 고향 진흙 밭이 더 좋을 듯.

꿀돼지의 행복

먹히기 위해서 태어났고
인간의 식욕을 도우려고 살면서
결국 잡아먹기 위하여 살찌운다

꿀맛 같은 맛이 달다고 좋아해서
게걸스럽게 먹성을 부리게 되지만
우리의 별명은 사랑스러운 꽃돼지

일명 꿀맛 돼지라고 불리는 것은
육질이 좋고 단백질이 풍부하여
잡아먹기 좋게 자라면 죽임을 당하는

짧은 세월 가련한 축생이지만
돈을 물고 웃는 복돼지가 되어
다음 생에는 스님으로 환생하련다.

고로쇠 수액

고즈넉한 지리산 자락
때까치 울음에 적막을 깨는 마을
군불 땐 뜨근뜨근한 방에서
동해에서 잡고 말린 오징어를 씹으며
사막을 떠도는 방랑자처럼
고로쇠 물을 실컷 퍼마시면
속이 후련하여 힘차게 고스톱 치면서 우정을 다졌는데
지금은 코로나 19가 엄중하여 두문불출
그 옛날 지리산의 초봄이 그리워진다.

곶감

연분홍 색시 얼굴 노파 되어 메말라서
매끄러운 자태는 어디로 가고
쭈그러진 형상에 세월만 보여주는가?

오호라, 해마다 계절이 바뀌듯이
새봄이 다시오면 감꽃 피우는 감나무
까치도 참새도 반가워서 지저귀면

이웃 사람끼리 정을 주는 사연 따라
짙푸른 하늘 아래 무르익은 감은
한 폭의 가을 풍경을 그리는 정물화

추어가 살찌고 단풍은 벌레 먹어
나뭇잎으로 떨어지는 결실과 상실의 가을
쭈그러진 홍시를 먹어도 마음이 풍요롭네.

비린내

하늘같은 푸른 바다 맘껏 수영하다가
인간의 욕심 촘촘한 그물에 걸려
나는 영어의 몸이 되었구나

나전보다 더 수려하고 때깔 좋은 몸
유선형 나의 몸은 바윗돌을 돌고
해초를 헤집고 용궁을 들락거렸지만

매끄럽고 점박이 몸은 칼에 난도질 되고
마지막 제물이 되어 도마에 누워있나니
탐욕스러운 놀부 입에 들어가게 되었구나

그래, 만물의 영장께서 맘껏 드세요
날마다 진수성찬이라 한들 백 년 인생
어생의 살을 뜯으며 여생 즐겁게 사시구려.

된장 찬양가

찬 서리 맞은 콩 줄기를 거두어서
농부 손에 총알 같은 콩 쏟아내고
황금 볕에서 골라내니 풍성한 마음
온종일 맑은 물에 불리고 건져서
잠시 두었다가 가마솥에 흠씬 쪄서
금 나오라고 도깨비방망이로 두드리면
콩은 눈사태처럼 반죽 덩어리가 되어
보약 같은 천연소금에 힘껏 버무려져
발효 촉진제 곰팡이 띄운 보리쌀을 섞어
항아리 속에 차곡히 담기게 되는데
입동부터 입하까지 반년동안 재우면
구수한 된장이 되었으니 우리 보약이로구나.

제3부

사람이니까 살면서
사랑하면서

거울 앞에서

거울에 비친 나는
왼손이 오른손이다
내 모습을 하고 있어도
나를 닮은 누구이다

거울에 사는 나도 나인가 싶어
악수하려고 손을 내밀 때
그도 내 왼손을
오른손처럼 내밀었다

우리가 사는 공간을 벗어나면
평면과 높이가 따로 있는가?
눈앞에 비친 내 모습을 닮은 그는
내가 멀어질수록 멀어진다

멀리 있는 것은 아름다운 것
거울에 비친 나는
빛과 어둠이 엮는 먼 곳에
나와 같은 삶을 살고 있다.

그리움

서설이 흩날리는 동구 밖
구수한 군밤 냄새가
고향을 떠오르게 하는 동안
뜨거운 눈물이 볼을 타고 흐르네

겨울 대낮에도 초승달이 보이고
뜬금없이 우는 도심 부엉이 소리
꿈길에서 들리는 음성은
낭군의 목소리인가

빛바랜 일기장엔
살얼음에 팽이치기하고
눈싸움하는 고함 소리 들리면
속절없는 세월은 화살처럼 지나고

목화 핀 설원에 온기를 더하려고
웃음 짓건만 백발만 늘어가니
짝 잃은 누이의 아픈 사연 덮어주기를.

산중에서 만난 까치 한 쌍

우리는 까까머리와 단발머리로
저 산 너머 꿈을 키웠다
내가 도시로 나간 그녀 오빠 닮았다고
오솔길에서 만나면 머리를 만지려고
남 몰래 가까이 다가갔지
그러면 까치도 시샘하는지
화들짝 날아가면 우리는 얼굴 붉히면서
눈을 끔뻑거렸는데
멀리서 예배당 종소리가 들려오면
손잡고 걷다가 말없이 헤어졌지
단발머리 여자애가 내 곁에 있다는 생각에
동화책을 읽고 일기를 썼지만
잠이 오지 않아 군고구마를 꺼내 먹었다
저 산 너머로 기차가 오고가는 동안
우리들도 성장해서 창춘남녀가 된다고
꿈을 키웠다 꿈결을 만들었다
그래서 남이 볼까 초저녁에
원두막에서 만났다 반딧불을 보았다
반딧불을 잡는 동안 가슴이 뛰었다
비밀을 간직하고 일기를 썼다
그날을 기억한다.

미완의 사랑

초겨울 사랑은 살을 애일 듯
고드름 내린 가지에서
부엉이는 짝을 찾아 울고

장독대엔 동치미마저
차가운 살얼음이 판을 깔아
보기엔 설국의 공주 치마

눈꽃이 핀 억새에
기러기 떼를 바라보는 남자는
함박눈을 맞으며 퉁소를 불어

눈 내리는 저녁 노루 꼬리 노을
동장군의 아쉬움을 뒤로 하고
들불 같은 사랑으로 봄을 꿈꾸네.

여정

나무는 붙박이 인생은 떠돌이
철길이 끝나는 곳은 종착역

출발지는 신천지와 닮아서
낯선 마을 풍경을 그리는 벚꽃

쉽게 다녀오리라는 반환점은
쇠고랑을 찬 죄수의 발걸음

오늘도 장거리를 달리건만
설마 편도 차표뿐이란 말인가.

밤의 적막 속에서

달빛은 희고 그림자 검다
그래서 밤은 흑백의 세계

향기 없어도 바람이 스치면
나무그림자는 절로 움직이고

무변의 세계가 있는가 보다
밤하늘에 보석처럼 별이 떴다

어둠 속에 흑룡이 사는가
먼동이 트면 황룡이 춤을 춘다.

그대와 춤을 추고 싶다

달밤에 숲 속에서
옷을 벗은 젊은 여인이
마음으로 그리는 정물이다
가만히 서 있어도
달빛은 맨살을 가려주려고
뭉게구름 같은 뭉텅이로
그림자를 띄운다
백조의 호수라고 말하면
백조가 사는 호수라서
호수가 아름다워진다
호숫가에 내린 달빛이
꺼지고 날이 새면
한 무리 백조가 날아와서
목욕하고 날아가는 풍경
그대 눈길로 그리움을 그린다.

만남과 이별

춘삼월에 미풍이 스며들 듯
우리는 동구 밖에서 처음 만났지
둘이 나무 뒤에 숨어서
입김을 내뿜으며 속삭였는데

잊으라는 말 떠난다는 말
소설에나 써진 사연이라고
새소리도 노래로 드리고
꽃향기도 꿈결 같아서 행복했지

여름에 해바라기밭엔 노란 풍경이
가을엔 바람에 흔들리는 살사리꽃이
겨울엔 국화가 피었다가 시들더니
아픔은 사라지고 추억만 남았는가

봄이 오면 기어이 임도 다시 오기에
목련이 백옥 같은 알을 낳듯이
영원을 약속한 우리의 사랑
선녀를 기다린 나무꾼처럼 다시 만나리.

이별의 시간

처음 만났을 때는 만남의 기쁨으로
항상 만나고 우린 영원할 줄 알았네

꽃이 필 때 계절은 철을 바꾸려는데
숲속에는 수국이 늦여름 고개 숙이고

어느덧 동토가 되어 눈이 내리면
세상은 잠시 빙하기로 돌아간 듯이

원시시대 행로는 단순해서 난해하고
유명한 니체의 언어마저 들리지 않네.

기다림

그녀가 손을 흔들며 돌아설 때도
눈물을 감추고 기다렸지
언젠가 살포시 다시 올 것이기에

배신으로 가슴에 상처 낸
친구의 음흉한 계략에도 굳세게 참았지
화해의 탁주 한 잔이 꿀맛일 것이므로

동토의 계절을 이겨낸 하늘매발톱꽃은
아가의 미소처럼 환하게 다가와서
짙푸른 청아한 꽃잎으로 산야를 물들인다

그녀가 남긴 편지를 다시 읽어보면
모란 향기가 귀로 들어와 뇌리를 감싸니
임 없는 봄날은 불행한 행복이어라.

그리움은 애물단지

물은 불투명한 공기라서
증발하면서 물보라가 되고
가벼워지면 뜬 구름이 된다

고독으로 멍든 상처를 달래는 물은
최선의 치유약이라서
깊어질수록 말 못할 사연이 푸르다

물은 바다에 녹은 산소
물 속에도 생명체가 산다고
용궁에 용왕이 살고 인어도 산다

그리운 사람이 못 견디게 그립다고
애간장이 녹아 간이 물이 되었는가?
물결은 상처를 쓰다듬는 세월이다.

사랑의 파문

탱자처럼 쓰디쓴 이별 통보를 받고
갑자기 청각에 이상이 왔는지
아무런 소리도 들리지 않는다

나비 한 마리가 눈앞에서 사라질 때
그렇게 많던 추억도 빠져나간 듯
한결 허기진 느낌이다

누가 사랑을 달콤한 꿀이라 했던가
바위틈에 사는 들풀처럼 두려운데
다시 원래대로 돌아간 상태가 아닌가

갈등으로 사는 절벽이 오히려 평온하여
먼발치 계곡물은 절망을 위로하듯
체념 따라 천연보석처럼 조용히 흐른다.

기억과 망각

아름다운 추억도 오래된 필름인가?
빛바랜 헌 옷처럼 서글픈데
계절은 새로 산 녹음기처럼 싱그러워
화들짝 피는 벚꽃으로 마을 풍경 새롭네

이 강산에 꽃이 피고 새가 지저귀면
나도 아득한 심연의 깊이에서
접시꽃을 헤집는 벌을 보면 좋으련만
잊지 못할 사연도 세월의 무게에 눌리고

산 능선에서 구름을 바라보다가
멀리 지평선을 바라보다가
어떻게 살아야 잘 사는 건지
해가 지고 달이 떠도 전설을 꿈꾸는데

밤새워 이슬 맺힌 꽃잎 떨어지듯이
사는 것 자체가 한 폭의 풍경화가 된다고
시나브로 울리는 초침 소리에
깨끗한 아침을 맞이하여 해밀의 기억을 감춘다.

허허실실

내가 그림만 그리는 줄 알게 하려고
허허실실 지내다가 밤중에 눈을 뜬다

창문을 두드리는 달빛이 시심이고
창에 비친 벽오동 그림자는 행간이로다

양떼구름도 철따라 안개로 피어오르면
그림과 시향으로 꿈을 펼친들 어떠하리

우리의 탄생과 죽음은 바람과 같은 것
웃음과 쾌락도 광년에선 촌음인 것을

구름 따라 바람 따라 은하수를 떠돌다가
세월이 나를 부르면 허허실실 떠나리라.

혼 소리

무명의 현이 감긴 열두 이랑
손길 닿아 팽팽한 긴장이 흐르고
희로애락 부여잡고 정을 뜯어내니
오동나무 통에선가 아늑한 춤사위

물소리도 옥구슬이 구르듯
굽이치다가 여울지고
유년의 언덕 여름 소나기로
사방으로 튀는 물방울 소리

이끼 머금은 세월서린 가야금
옛 생각이 새삼스러워지면
낭랑한 가락이 심금을 울릴 때마다
조상의 혼을 찾아 떠나는 산울림

눈물 젖은 세상 번뇌 안쓰러워
달빛을 휘감은 오동나무 그림자
언제인가 애틋한 선율은
봉황을 타고 천계로 비상하겠지.

벽면

햇볕 따스한 날 지그시 눈 감고
파란만장한 세상에 태어나서
제비도 잠자리도 반가워하며 자라서
아이들과 어울려 재잘거리며 행복했고

젊었을 땐 사랑에 눈 멀어
여자에 정신이 나갔다가
중년 때는 내 심장 같은 목돈
부질없는 명예에 잃어버리고

시집간 딸 생각에 마음 달래며
서울 사는 아들 전화 기다리다가
아내가 차려준 된장찌개 먹고 나서
조용히 벽면에 들었다

인생이라는 것이 나로 인하여
빚어지는 마음의 행로이기에
편도 차표로 종착역에 갈 때까지
추억을 더듬으며 시를 남기려 하네.

제4부

여행은
새로운 만남이다

섬을 찾는 즐거움

나를 사랑한 여인의 사진은
물결치는 섬 위를 날아가는 물새다
물새는 날아서 가야 할 곳이
먹사냥 길이거나
둥지로 돌가는 길이겠지만
어쩌면 짝을 찾아가는 길이 수도 있다
그리움은 기다림을 낳는 설렘
흰 피를 흘리는 파도에 새기고 싶어서
섬에 사는 해송도 바람에 그림자를 그린다
어느 날인가 식당에서 점심을 먹는데
입술에 립스틱을 칠한 남자가 들어왔다
동행한 여자의 립스틱과 같은 색깔이다
주인은 물수건을 놓고 그 얼굴을 슬쩍 보고
방긋 웃더니 나에게도 미소를 던진다
그럴 수도 있지
솔방울이 찬바람을 견디다가 떨어져
먼 바다를 떠돌다가
다른 섬에서 씨앗을 내밀 수도 있으니까
섬을 찾는 여행은 시심을 찾는 재미도 있다
갈매기가 새우깡 맛을 안다는 게 즐겁다.

낚시 체험

물 속에 사는 물고기는
물 밖으로 나오면 큰일난다
그런데 낚시 떡밥에 눈이 멀어
물 밖으로 끌려나왔다

낚싯줄에 매달려 몸부림쳐보지만
메마른 공기가 숨을 옥죄어서
눈을 뜬 채 죽어야 할 판이다

그 중에 너그러운 낚시꾼은
더 커서 만나자고 살려주는데
이거야말로 불행 중 다행이다

나도 남의 떡밥을 노리면
과욕이라 불행을 부를 것이므로
헛기침을 하면서 얼굴을 씻었다.

삼청교육대(三淸敎育隊)의 위선

오래 된 기사에서 삼청교육대를 찾아 읽었다
1980년 5월 17일 비상계엄이 발령된 직후,
사회를 정화한다고 군부대 내에 설치한 기관인데
제5공화국 정권 초기 인권침해의 현장이다

그런 사실이 우리나라에 현생에 있었는가
놀라운 충격을 받고 가슴 아린 적이 있다

1981년 1월까지 총 6만755명을 체포하고
심사위원회에서 4등급으로 분류하여
죄질을 따져 무자비하게 탄압하고 복역케 하고
강제교육을 해서 훈계 방면하였다는 사실

불과 몇 십 년 전에 일어난 우리 동포의 일이라
도무지 믿을 수 없지만 생각할수록 치가 떨린다

1988년 국회의 국방부 국정감사 발표에 의하면
삼청교육대 현장 사망자가 52명,
후유증으로 인한 사망자 3백97명,
정신장애 등 상해 인원 2천6백78명이 발생하였다

그때 죄 없다는 우리는 좋은 직장에서 돈을 벌고
술집에서 낭만을 즐겼고 인생이 별거냐고 노래했다.

3·1절을 기리며

초봄은 매화 눈망울과 함께
어김없이 찾아오고
낡은 태극기 금빛처럼 떠오르네

남의 땅 남의 나라에 들어와
선량한 백의민족 겁탈을 일삼는
일제의 폭거에 분노

하얼빈역 천둥 총소리
안중근 의사는 목숨 바쳐
일제 강탈의 심장 갈기갈기 찢어

아우네 장터에서 울려 퍼지는
독립을 위한 우렁찬 함성
일제의 총칼에 결연히 맞서

유관순, 가녀린 소녀 한목숨 던져
꽃다운 청춘 초개처럼 버리고
백두산과 한라산에 애국 혼을 뿌리네.

의사(醫師) 윤한덕의 의사(義士)의 길

2013년 도입된 강원도 닥터 헬기는
강원도 곳곳을 누비며 첨단 의료장비로
중증환자의 생존율을 90%로 의술을 돕는다
윤 전 센터장은 25년간 응급의료시스템 구축과
운영에 매달리며 비교적 짧은 기간에 발전시켜
한국의 응급의료체계를 세계에 자랑하게 했다
하지만 설 연휴인 지난해 2월 4일 근무 도중
과도한 업무로 인해 국립중앙의료원 사무실에서
앉은 채로 세상을 떠났다
평소 기계에 관심이 많았던 윤 전 센터장이
음압 병상과 구급차를 구상한 기획을
실제로 적용해 전염병 확산 상황에서 빛을 발했다.

도자의 비색

햇볕은 가마에 구름그림자 내리고
도공은 물과 태토로 형태를 빚는다
숨통이 열리도록 나무에 불을 지펴
아담을 조각하듯 정성을 쏟는 대낮

용광로 가마 속으로 기어가는 백룡
완벽한 동체를 이루려고 불길을 뿜어
태토와 유약이 격렬하게 춤을 추는데
비색은 섬광처럼 오르가즘에 취하고

천만도 열기와 빙하의 빙점에서
세상 기운과 모방의 정열로 조우할 때
도자에 새겨진 구름은 자연예술인가
조물주가 전해준 하늘 예술인가

정성으로 땀 흘려 구워낸 도자는
때로는 재가 되는 모진 시련을 주지만
허무할수록 무릎 꿇는 겸손을 배워
고에서 도를 찾는 천년 숨결을 잇는다.

어생(魚生)을 위하여

물 속이 천국이라 맘껏 살다가
인간이 욕심인 그물에 걸린 물고기는
참수형을 앞둔 영어의 몸이 되었구나

나전 무지개처럼 수려한 유선형 대칭
수중 동굴에 보금자리를 틀고
해초를 헤집으며 용궁을 들락거렸지만

단두대 닮은 도마 위에 뜬 눈으로 누워
연속사방팔방무늬로 단장한 몸은
목숨이 난도질당할 마지막 제물이라니

물고기는 물을 떠나면 바로 지옥행이라
살아있는 어족은 조심하기 바랄 뿐
시인은 미물의 생명에도 위령제를 올린다.

만장굴에서 어족(魚族)을 보다

인간의 식탐은 생존보다 쾌락 추구
어족의 영전에 헌시를 바치노라

쪽빛 바다 용왕이 사는 곳에
대를 이어 사는 생명이
망나니 춤을 추는 칼날로
난도질당한 가오리는 식초에 취하고
붉게 익은 대개 집게발은
껍데기가 부서져 속살이 드러나고
거시기 만지는 느낌이 드는 장어
소주 맛을 돋우는 과메기도 접시에 누워
고대의 화석처럼 지느러미만 남기네

어족은 바다를 떠나면 죽은 목숨이기에
만장굴에서 원시시대에 새긴 흔적을 본다.

절구통

채석장에서 정으로 다듬은 절구통
머슴 지게에 업혀 우리 집 식구가 되어
어머니의 각별한 손길에 이순이 넘었다

절구통에 쌓인 눈이 동장군 성화에
강이 얼어서 걸어 다니게 되어도
얼음장 밑으로 봄은 오는 것

얼음 줄기마다 실눈을 뜨는 매화는
겨울잠을 자는 짐승의 기지개를 부르고
절구통은 커다란 입으로 햇살을 마시네.

길냥이의 무지개

동네 터줏대감 황금빛 길냥이
대문 구석에 누워서 잠을 청하고

짝 잃은 얼룩 고양이는 슬퍼서
담장을 넘나들며 가녀린 소리로 우는데
집을 지키는 개는 으르렁거리며 짖어대고

길목이 곧 대문이고 담장이 옥탑방이라
길냥이는 대리석 조각처럼 곱게 살았는데

세월의 무게에 눌린 길냥이도 무지개 너머
노인들의 보살핌을 끝으로 마지막 눈인사로
동네 역사의 흔적을 남기고 먼 길 떠났네.

광주호

산에 오르면 모두가 평등하다고
겹겹이 펼쳐진 무등산 자락
수생식물의 보금자리 광주호엔
광주 주민과 인근인 담양 주민의 쉼터로
호수생태원을 활보하고 다니다 보면
유네스코 세계지질공원임을 알게 된다
수변 관찰대 멀리 서석대 감추고
백로와 물오리가 한가로이 노는데
옛 고을 창평으로 가는 길목엔
괴나리봇짐 지고 무돌길 걷는
선인들의 발걸음소리 들릴 듯하여
돌아보니 동강조대의 근엄함만 남아
색 바랜 세월이 지난밤 꿈이었나
홍송의 자태는 봄을 재촉하는구나.

무등산 무돌마을

우직한 소등 근육이
빛고을을 지키는 산
광주가 겪은 질곡의 역사를
꿰뚫어 보고 있네

다시는 무돌마을에
피로 얼룩진 역사는
오지 말게 해주시고
쓰디쓴 눈물도 지워주소서

지극한 눈으로 내려다보며
아침엔 따스한 햇볕으로
희망의 광명을 주시고
저녁엔 별들을 쓰다듬는 산

가을 수박처럼 시원하고
단내 나는 광주 무돌마을 되게
무등산 산신이시여, 지켜주소서.

동강조대

길은 세월 따라 멀어지는가
모닥불처럼 따사로운 봄볕에
속살 파닥이는 물비늘에
은빛이 넘실대는 광주호

물안개가 무척 피어올라
구름이 되었는지
무등산 그림자는
거울 같은 수면에 누웠는데

산은 어머니를 닮아
물길은 젖줄이라
소쇄원 식영정의 문객들은
역사의 뒤안길로 떠나고 말아
시누대 춤사위가 허공을 그리네

물오리 쌍쌍 한가로워서
화전놀이 들차회 정이 드니
지는 매화 아쉬울 것 없어라.

광주 송정 오일시장 풍경

3일과 8일 오 일마다 장이 서는 아침
장터는 실외라서 날씨가 한몫 한다
오늘 햇볕은 잘 익은 토종 감처럼 고와서
고급 상품인양 싱싱한 그림자를 드리우고

모여든 사람들에게 약장수 노래가 구성진데
우동 집 아주머니가 대파를 다듬으며
오 일만에 만나는 **뻥**튀기 아저씨에게 짜증낸다

하필이면 장이 서는 날마다 우동집 옆에
뻥이야 하고 소리치면서 **뻥** 소리 나는
뻥튀기 아저씨 때문에 경기가 생겼다고
따지지만 먹고 살려니 봐달라고 사정한다

어느 노릇이나 돈 벌려고 하는 일이니까
점심에 멸치국수를 저녁에는 올갱이국수를
먹을 터이니 파장하면 어디 가서 술 마시자
인생이 뭐 별거냐고 거나하게 취해보자고.

삿갓 쓰고 한평생

죽공예 고장 담양에서 삿갓을 써보니
김삿갓 시조창이 들리는 듯
죽간에 스며있는 방랑 설움 떠오른다

긴 죽장 부여잡고 구름인 양 바람 따라
노닐다가 죽순 향기 주로 취해가니
김삿갓의 시조가 태백산맥을 불러 앉힌다

고달픈 발걸음에 애환을 되새기며
방방곡곡에 남긴 흔적을 회상하는데
무엇이 타고난 운명인가? 숙명인가?

삿갓은 가벼운 대나무로 만들어야만
비바람과 눈보라를 가리는 모자가 된다
대나무 고장 담양에는 퉁소 소리도 곱다.

시 이야기

시의 첫줄은 신이 준다 하였으니
뇌성 속에 벼락 맞아 감전되듯이
영혼이 파란만장한 파문을 일으키고

예수께서 가시면류관 쓰고
십자가에 못 박혀 떨어지는 선혈 방울들

지나가는 바람이나 뜬구름도
이유 없이 지나치는 것 없다고
금맥을 찾는 막장의 광부처럼
두 눈을 부릅뜨고 곡괭이를 휘두르는 것
이것이 영혼을 울리는 결정체

감흥으로 사물을 보라 하였으니
지혜로 다스리고자 애쓰는 나의 자화상.

시인의 길

오감을 흔들어 심성에 파문을 주는
영혼의 그림자로 빗금을 긋는 시는
베짱이가 노래하는 게으름이므로
헐벗고 굶주릴 각오를 해야 한다

시인은 박쥐가 되어 몽유병 환자처럼
초음파로 어둠을 열고 무화과를 먹고
동굴 깊숙한 곳에서 명상하다가
다른 짐승의 피를 빠는 사랑을 꿈꾼다.

존재

너 그리고 나 칠흑 같은 침묵이
소용돌이치는 카오스 세상에서
서로를 생각하고 그림자를 나누면
광명의 세계로 던져진 존재가 된다

가시 탱자가 실타래 바람결 타고
알몸으로 속살을 부풀리다가
상체기에 돋은 혈흔 떨어지니

위리안치로 초옥에 사는 추사가
대정향교에 다니는 유생을 위하여
'疑問堂'이라는 현판을 썼는데 뜻은
매사 왜 그리되었는지 의문을 품고
심사숙고하면 학문이 깊어진다는 말씀

우리는 밤하늘에 뜬 별이 몇 개인지
아무도 모르지만 깊은 명상을 통하여
별자리와 별똥별의 빗금 그음을 안다.

제5부

어떻게 살아야 하는지
잊지 말아야지

산에 올라 세상을 본다

땀 흘리며 산에 올라 호흡을 가다듬고
맑은 공기 마시며 명상에 잠긴다

높은 곳은 원래 비어있는 공간이라
산에 올라갔다는 자부심이 넘치지만
인간에게 좋은 것은 계곡에 있다

꽃이 지거나 열매가 무르익어서
떨어지는 곳이 계곡 밑바닥이다

그러니까 낮은 곳이라고 깔보지 말자
물도 겸손하기에 낮은 곳을 찾는다.

은퇴는 황금 노을이다

뉘엿뉘엿 저무는 노을을 바라보며
황금빛 지평선의 색상을 감탄하면서
하루가 저물었음을 깨닫네

힘찬 햇살도 때가 되면 지는 법
또 다른 내일을 위하여
겸허히 자리를 내주고 떠나네

때가 되면 시절이 변하는 법
팔팔한 직장인도 짙푸른 나뭇잎도
겸허하게 뒷전으로 물러서는 이치

희로애락에 점철된 그간의 노고에
노욕의 끈을 놓고 노을을 관조하며
은퇴는 명예를 위한 새로운 기회.

태생부터 다르다

부모를 잘 만나는 것도 행운이다
왕 아들이라고 왕자가 되거나
왕 딸이라고 공주나 옹녀가 되어
먹고 사는 걱정이 없다
이 세상 물건 중에
가장 비싼 건 돈이다
가난한 부모 탓에 가난한 사람들은
까마귀가 사는 높은 곳에 산다
살기 힘든 곳이라고 달동네라고
달도 별도 가깝다는 의미인데
골목길 돌아간 언덕에서
내기 장기 두면서
평지에 우뚝 선 빌딩을
자기 것처럼 말로 주고받는다
그러므로 꿈이라도 있어야
무수리도 내시도 희망을 먹고 살지.

석양의 총잡이

석양을 바라보면
서부영화가 떠오른다
악당과 주인공의 정면 대결에서
손잡이의 실력을 발휘한 주인공
쓰러진 악당은 죽어가면서도
주인공을 향해 달려오는 애인을 쏘고 만다
주인공은 다시 악당을 확인사살을 하고
석양 속에 쓰러진 애인을 들어 안고
역마차로 향하는데
사보텐 그림자와 주인공 그림자가
길게 땅 위에 번지는 동안
소리개 한 마리가 멀리 날아간다.

행복은 주변에

닭장에 들어와서 닭을 고른다
닭요리 먹는다니 군침이 돈다
봄볕 평상에서 밥을 먹거나
한 잔 술에 우정을 나누거나
연인과 KTX를 탈 수 있는 것도
소소한 행복이거늘
나만이 찾아가는 추억이 장소에서
옛일을 회상하는 즐거움이나
홀로 단잠을 잤던 것도
늙으신 어머님 기침 소리 듣는 것도
생각해 보면 지상에서 맛보는 행복일 뿐.

모닥불의 행복

어둑해진 해거름에 지평선이 밝다
마지막 모닥불인가 루비 불꽃이네
땅거미가 노을을 살라 먹고 저물면
힘든 일과를 마치고 삽을 씻는 동안
노을은 용의 혀 같은 불길로
다시 내일을 기약하면서
바다에 뜬 모닥불인 양 이별을 고하고
미련처럼 립스틱 칠한 흔적에도
사람들은 평온하게 잠을 청한다.

세월의 배우

여명의 잔잔한 트임
무대를 위한 눈부신 조명
숨바꼭질하던 그림자도
수줍은 듯 비추고

서광이 해일로 밀려오는 아침
세월의 태반에 휩싸여
탈출을 위한 몸부림은
무대에 선 주연배우 춤

세월에 포박되어
찬란한 광명의 세상
촌음을 아쉬워하며
탱고 박자에 율동을 그리면

탈바꿈하던 유충도 성충이 되어
금빛 찬란한 노을을 마주하고
광란의 무대가 절정을 향할 때
한 마리 나방은 밤하늘을 가로지른다.

혼돈의 해방

먼동이 틀 때는
고요함이 새벽을 깨우고
새벽은 새로운 감성을 흔든다

지난밤 꿈에 현자는 말했다
원하여 세상에 태어난 게 아니므로
누구나 피동과 결핍으로 살아야 한다고

나 또한 진실의 길을 찾으려고
날개 달린 양탄자를 타고 떠돌았지만
결국은 뒤집힌 풍뎅이의 몸부림일 뿐

누구나 오체투지로 신의 뜻을 구하지만
하늘은 멀어서 카오스 세계를 상상하면
불에 뛰어드는 나방이가 안타까워라.

용트림의 징후

나이든 아버지나 남편은
권력과 힘을 잃은 이빨 빠진 호랑이

초원을 누비며 포효하다가
풀숲에 엎드려 주위를 살핀다

왕년에 들판을 누비던 화려한 무대
세월에 묻힌 추억이 가물거리는데

어쩌겠는가, 강물이 흐르듯
늙어지니 서럽고도 애달퍼서
큰 소리로 하품 해도 산천이 고요하다.

독야청청

해와 달이 사랑의 씨앗으로
나를 신기한 세상으로 보냈으니
재잘거리며 어린이 세상을 배웠고

이십 대엔 사랑에 눈이 멀어
넘치는 열정을 어쩌지 못하여
뉘우치며 유서처럼 시를 썼는데

중년에 들어 목숨처럼 아끼는 돈을
부질없는 명예에 날려버리고
깨우치면서 노년에 이루고 있으니

시집간 딸 생각 서울 사는 아들 생각
아내의 고마움을 알면 이미 늦다는 말에
깨달음을 간직하고 음각으로 뜻 새긴다.

이정표를 지운 그대

찬바람 가시고 진달래 만발한 봄날
그대는 어디로 갔는가?
아지랑이 피고 종달새 높이 오른 봄날
그대는 어디에 있는가?

한 잔 술에도 웃던 소탈한 성격
이역만리 타향에서 땀을 흘리면서
가족을 부양하고 부모님께 효도했던
그대는 지금 어디에 어떻게 사는가?

동구 밖 당산나무 오백 년이 지났고
부처님이 말씀하신 일 겁에 비하면
백년 인생도 촌음인 것을 아는 그대
무엇이 답답하여 이정표를 지웠는가?

맛난 음식도 목에 걸려 헛기침하고
눈가의 눈물 티끌과 함께 닦아내니
술도 썩은 물이고 노래도 설한풍이라
그대는 간이역 인생이라고 떠났는가?

아가의 미소

아가의 얼굴은 염화시중
평온한 표정 따뜻한 모습에서
자비의 모습과 지혜를 간직한
부처의 미소 얼굴일세

모든 것은 어머님의 사랑
미소는 사랑의 본바탕이기에
세상의 빛 초심을 보는
성현은 어디에 있는가

각박한 일상에 힘들다 보니
모른 척 계명을 어기고 사는 세상
부질없는 욕심으로 상처를 입었으니
날마다 시를 짓고 참된 삶을 구할 것을.

아가에게도 세월은 간다

엄마 뱃속에서 나올 때
가진 것이 없어서 두 눈을 감고 있었다
주먹을 쥐고 세상을 만날 때
빛나는 세상이 눈부셔서 대성통곡했다

탯줄이 잘리고 엄마 품에 안겨
엄마의 젖 냄새를 처음으로 맡았을 때
비로소 입을 열어 젖을 먹었다

세월이 흘러서 직립보행을 하면서
삭막한 가시밭길을 모른 채 헤매느라고
태풍으로 불어 닥치는 모진 풍파

가시밭길에도 꽃이 피는 걸 어쩌랴
세상을 만나는 기쁨으로
부모님의 보살핌을 받았으니
저 달과 별을 바라보는 것도 행복했다.

아버님 전상서

아버님 그간 잘 지내셨는지요?
마음에 가득한 따뜻한 아버님
불효자인 제가 구정을 맞이하여
아버님을 뵙게 되었네요

철 들어 생각할수록 자애롭고 깊은 성품
저는 제 아들딸에게 그리 베풀지 못하고
잔소리부터 꾸중으로 밥상머리를 대하는데

아버님 뜻과 다르게 화가가 되겠다고
고집을 피웠던 학창시절도 옛날인데
마음이 아파서 썩어도 자식 못 이긴다고
제 앞길 묵묵히 보살펴줘 감사합니다

불효를 씻을 순 없어도 효도를 생각하며
이제 신위로 모시고 잔 올려 절을 드리고
저에게 베풀어 주신 사랑 독백으로 받고
눈물을 장미꽃에 맺힌 이슬로 그려봅니다.

어머님을 그리워하며

흰 서리 잔뜩 내린 어머님 백발
이마의 주름은 이랑처럼 깊어지고
백옥 같은 피부는 가뭄 땅처럼 거칠어져
차마 어머님을 마주 바라볼 수 없네

쩌렁쩌렁하던 목소리 들릴 듯 말듯
큰 목소리로 물어도 동문서답하시고
못생긴 나무처럼 허리도 구부정해서
창가에 놓은 틀니를 눈여겨보시네

갖가지 그래도 바느질 하시고 싶다고
버선 모양 헝겊을 오려내시고는
늙은 나무엔 놀던 새도 아니 온다고
젊은 시절에 즐겨 불렀던 장타령 하시네

참기름으로 버무린 산나물 반가워서
그윽한 향기 좋다고 드실 것 같은데도
멀리 떠난 작은아들 생각에 심란하시다고
입맛 없다 하시면서 밥상머리 탓하시더라.

이모님
−2019년 2월 19일, 이모님을 찾아뵙고

후줄근히 봄비 내리는 요양병원
깊은 수면에 드신 이모님
추억을 되새기고 계시나요?

상흔의 무게 모두 내려놓으시고
한겨울 나목처럼 수척하시지만
백세의 문전을 바라보는 이모님
의술에 기대어 링거가 생명이네

메마른 발등 핏줄로 링거 주사액
온몸에 흘러 혈류에 단비 내리듯
힘겹게 여정을 이어가네

이모님, 부디 몽유를 즐기시고 나서
부디 나아서 제 발길로 창밖을 보세요
홍매화 꽃잎에 이슬이 맺혀 있어요.

늙음의 즐거움
−어느 인문학자의 노년

왕년에 나도 잘 나갔다고
칠순에도 맞아 자랑하면
산들바람이 소소리바람으로 변해서
등이 서늘해진다

늙은 내가 무엇을 알겠냐고
뒤로 물러설 줄 알아야 노인이므로
마음도 누추해야 탈이 없지

돋보기와 보청기 고맙네
닭다리도 씹을 수 있는 틀니도 고맙고
발걸음을 도와주는 지팡이가 효자일세

게걸스럽게 먹던 음식도
향미를 음미하며 적당히 먹고
아꼈던 물건도 나누어 주는 즐거움
오지고 모진 노년의 편도 차표인 것을.

자연을 닮으려는
여행자의 그림자

−채종기 시집 『사색하는 벌레의 산책』에
숨은 참모습을 찾아서

고훈식(시인, 조엽문학회 회장)

자연을 닮으려는 여행자의 그림자
– 채종기 시집 『사색하는 벌레의 산책』에
숨은 참모습을 찾아서

고훈식(시인, 조엽문학회 회장)

□ 들어가며

채종기 시인의 본령은 화가이다.

화가는 실물에 버금가는 물질의 존재가치를 위하여 명도와 구도, 원근법을 차용하여 공간과의 구별을 더욱 강조하려는 열정으로 새로운 작품을 위한 사역을 다한다.

이러한 사역은 생긴다는 생기(生氣)로 비롯된 인연 덕분으로 세상에 나온다는 의미이다. 태어나거나 발아하거나 부화하여 생성되는 것도 생겨서 나온다는 암시의 구체적인 발현이다.

사람이 태어날 때, 머리 먼저 나오는 것은 새로운 세상에 대한 감각이나 상황에 순응하려는 본능이라고 설정하면 철 따라 목초지를 찾아 무리 지어 행군하는 누 떼 중에 산기를 느낀 암컷이 새끼를 낳을 때 누의 새끼가 발이 먼저 나오는 것은 땅에 딛는 동시에 걸을 수 있고 내달릴 수 있어야 먹이사슬에서 벗어나려는 본능이라고 발상 전환을 하는 것도 문학 세계에서는 가능한 일이다.

시 창작도 인간의 가운으로 발현하는 실천이므로 시심은 곧 산기이며 시로 나타나는 결과물로 세상에 생겨난 새로운 생명인 거다. 그래서 시는 마음가짐이 지순하고 또렷하여 세상에서 존재하려는 간절함을 감춘 호소문이며 희로애락의 행간이며 의미를 전하는 정성이다.

우리가 사는 세상은 삼차원의 세계다. 가로 세로만 있다면 평면이므로 가오리보다도 더 납작하게 생겨야 하는데 신의 뜻에 의하여 가로 세로에 높이가 더해져 공간이라는 거대한 삶의 터전을 선물로 받은 거다. 이 공간엔 인류가 태어나기 전부터 자연이라는 생명체가 존재하여 공간의 순환을 돕고 있어서 태초의 인간도 생겨난 거다. 뭇 생명을 뭉뚱그려서 자연이라고 표현하지만, 개체를 밝혀보면 저마다 형태가 다름을 알 수 있다. 그래서 고등어 생김새가 다 같아 보여도 저마다 다르고, 감나무에 달린 감도 감마다 쌍둥이처럼 보여도 저마다의 생김새다. 공간에 생기는 기후도 날마다 다르고 풍경 또한 달라서 자생하는 식물도 제각각이지만 동물 또한 그렇게 적응하며 대를 잇는다.

시를 쓰는 시인도 저마다 다른 인간이기에 공간에서 비롯된 시간의 물결로 빚어낸 삶의 체험 또한 제각각이다.

그러므로 작년 봄이 올해 봄과 다르므로 새봄이라고 맞이하듯이 시인 누구라고 방금 써낸 시는 새봄과 같아서 새로운 영토를 꿈꾸며 언어 행간에 쌍떡잎을 내민 상황이 된다.

누가 썼느냐, 어떻게 썼느냐는 것은 뒤에 오는 태도이므로 그 쌍떡잎이 한 포기가 가녀린 풀로 자라다가 시들어 기운이 소멸해 버릴지, 거대한 낙락장송이 될지는 별개의 상황이다.

드디어 채종기라는 시인도 시심을 발현할 수 있는 무한 공간에 열화 같은 생기로 언어의 행간마다 내공으로 빚은 쌍떡잎을 내밀었다.

1.

이젤에 백지를 붙이고 공간을 한참 동안 들여다보고 있노라면 거기 벌레 한 마리라도 살게 하여 공간에 새로운 존재가 살 수 있는 신천지로 꾸미고 싶은 욕망이 앞선다.

그래서 선으로 평범을 확보하고 삼차원인 높이를 더하면 내가 원하는 빈 상자가 생긴다. 그 상자 안에 소중한 무엇인가를 넣으면 상자를 위한 행위로 상자와 여백을 구분하는 색을 칠하게 되는데 색이 다름은 물질의 다름을 구분 짓는 태도이다.

이럴 때 채종기 시인은 작품을 위한 마음가짐은 어떠했는지 슬그머니 떠올려보면 서로를 배려한 시심일 수도 있

다는 생각이 들었다. 여기서 배려란 더불어 산다는 의미
로 해석하면 광활한 공간에 펼쳐진 자연이 떠오르기도 한
다. 날마다 새로운 시각에 열리는 공간은 생명의 보금자
리이므로 계절의 다름이나 기후 변화에도 삶을 이어가는
의지가 저마다 간직하고 표출하기에 이른다.

　　수채화로 그린 봄 풍경은
　　물안개마다 물방울 보석

　　모진 염천에 시달린 사람들
　　계곡 물줄기에 몸을 씻고

　　하늘이 높아갈수록
　　산엔 불꽃처럼 번지는 단풍

　　낙엽은 전장으로 떠나는
　　화랑들이 남긴 마지막 분장.

　　–「단풍의 독대」 전문

　이 시는 겨울을 앞둔 그간의 계절을 불러 앉히고 습득한
체험을 객관적으로 묘사한 작품이다. 자신의 등장은 봄
풍경을 수채화로 그렸다는 사실로 비켜섰다. 특이한 점은
단풍과 독대했다는 발상이다. 단풍과의 독대는 쌍방 간의

만남인데 단풍이 시인을 불러서 독대했다는 뉘앙스가 풍긴다. 마지막 연에서 낙엽은 전장으로 떠나는 화랑들이 남긴 마지막 분장임을 알라는 메시지가 둘만의 독대에서 이루어진 합의점이라는 암시이다.

날씨도 추운데 건너가고 싶으면
걸어서 가라고 강물은 바위처럼 굳어
어떤 낙엽은 봄이 오면 떠나리라고
강 얼음에 누워있는데
살을 에는 겨울바람에 날리는 눈
차마 눈을 녹이면
겨울이 아니라고 할까봐
강은 단단한 길을 펼치고 있는데
눈보라에 가려진 산등을 보며
따끈한 국밥에 술 한 잔으로
언 가슴 녹이고
옛사랑의 불꽃 피워 볼까?

-「겨울의 온기」 전문

가을이 떠나야 새봄이 온다는 전제로 겨울과 독대하는 대신 직접 겨울 들판을 거닐면서 시의 행간을 채우고 있다.
어떤 낙엽은 봄이 오면 떠나리라고 강 얼음에 누워있다는 표현이나 살을 에는 겨울바람에 날리는 눈을 녹이면

겨울이 아니라고 할까 봐 강은 단단한 길을 펼치고 있다
는 빙하의 세계를 따끈한 국밥에 술 한 잔으로 언 가슴 녹
이고 옛사랑의 불꽃 피워 보겠다는 심경으로 자연스럽게
받아들이고 있다.

　물안개나 계곡 물줄기나 고드름이나 얼음이나 단풍과
낙엽도 자연에서 이루어지는 통과의례이기에 가을이라서
어깨를 적시는 이슬에 애절한 낭만에 빠져들 수도 있고,
겨울이라서 창가에 쏟아지는 함박눈을 세상을 떠난 사람
들의 선물이라고 설정할 수도 있지만, 칠순이 가깝도록
겪은 자연의 순환을 염두에 두고 스스럼없이 동행했다는
체험이다.

　연분홍 색시 얼굴 노파 되어 메말라서
　매끄러운 자태는 어디로 가고
　쭈그러진 형상에 세월만 보여주는가?

　오호라, 해마다 계절이 바뀌듯이
　새봄이 다시오면 감꽃 피우는 감나무
　까치도 참새도 반가워서 지저귀면

　이웃 사람끼리 정을 주는 사연 따라
　짙푸른 하늘 아래 무르익은 감은
　한 폭의 가을 풍경을 그리는 정물화

추어가 살찌고 단풍은 벌레 먹어
나뭇잎으로 떨어지는 결실과 상실의 가을
쭈그러진 홍시를 먹어도 마음이 풍요롭네.

−「곶감」전문

계절의 변화를 객관화한다고 피상적으로 바라보기보다
는 보다 구체적인 묘사가 예술성에 가까워진다. 시로 표
출한 곶감은 채 시인의 정신영역이므로 다른 곶감과 차원
을 달리하려는 의도가 보인다.
첫 연에서, 노파 되어 얼굴이 메말라서 매끄러운 자태는
어디로 가고 쭈그러진 형상에 세월만 보여주느냐는 물음
은 자연에 대한 궁금증의 발로이다. 그 해답이 끝 연에 추
어가 살찌고 단풍은 벌레 먹어 나뭇잎으로 떨어지는 결실
과 상실의 가을에 쭈그러진 홍시를 먹어도 마음이 풍요롭
다는 진술은 단층구조로 지은 집처럼 안온하다.

동장군의 기세에
유연성을 자랑하던 물은
바위처럼 굳어서 겨울잠을 자고

아직도 풀리지 않은 기상에
서로 끌어안고 견디느라고
막사발 빗금처럼 서로 끌어안는다

물은 세상의 이치가

한 가지로 고착되지 않고

항상 변화한다는 지혜의 물질

때로는 폭포가 되어 흰 피를 흘리면서도

바닥에 닿으면 서로 어깨동무를 하고

낮은 곳으로 흘러 중용을 실천한다.

–「상선약수(上善若水)」전문

시 「상선약수(上善若水)」는 세상에서 가장 선한 것임 물이라는 논어를 빌렸음이 느껴진다.

동장군의 기세에 유연성을 자랑하던 물은 바위처럼 굳어서 겨울잠을 잔다고 진술하고는 아직도 풀리지 않은 기상에 서로 끌어안고 견디느라고 막사발 빗금처럼 서로 끌어안는다고 묘사했다. 더하여 물은 세상의 이치가 한가지로 고착되지 않고 항상 변화한다는 지혜의 물질이라고 삶의 발견에 이른다. 그러니까 곶감에서 보여 준 단층구조가 복합구조로 발전적인 행보를 보여준 시다.

2.

채 시인도 시의 다양한 모습을 꾸미려는 의욕이 넘친
다. 예문으로 든 「그리움」은 젊은 시절의 간이역에서 펼쳐
졌지만 이미 지나간 기적소리에 기다림을 전제로 마음 씀
씀이를 나타낸 추억의 철로이다. 그러므로 지금도 종착역
을 향해 달려가는 현재진행형이 되므로 과거를 기억하고
있는 동안은 간이역 철로가에 핀 접시꽃의 애잔한 모습도
한 폭의 그림으로 뇌리에서 기웃거린다. 그런 사정으로
인하여 그녀가 남긴 편지를 다시 읽어보면 모란 향기가
귀로 들어와 뇌리를 감싼다고 심중을 확대하고는 임 없는
봄날은 불행한 행복이라고 종착역 기적소리를 기다리는
형국이다.

그녀가 손을 흔들며 돌아설 때도
눈물을 감추고 기다렸지
언젠가 살포시 다시 올 것이기에

배신으로 가슴에 상처 낸
친구의 음흉한 계략에도 굳세게 참았지
화해의 탁주 한 잔이 꿀맛일 것이므로

동토의 계절을 이겨낸 하늘매발톱꽃은
아가의 미소처럼 환하게 다가와서
짙푸른 청아한 꽃잎으로 산야를 물들인다

그녀가 남긴 편지를 다시 읽어보면
모란 향기가 귀로 들어와 뇌리를 감싸니
임 없는 봄날은 불행한 행복이어라.

―「그리움」전문

그런가 하면 우리라는 울타리 안에 서로 알고 지내거나
돕는 사람들에게 무척이나 다정한 성격이다.
　부모님에 대한 시는 누구에게나 간직하는 효심인데 시
를 썼다고 해서 특별하진 않겠지만 효의 실천은 권리이며
의무라는 당연한 상식에 더하여 저마다의 효심의 발로는
특별하다고 해도 전혀 무리가 없다.

후줄근히 봄비 내리는 요양병원
깊은 수면에 드신 이모님
추억을 되새기고 계시나요?

상흔의 무게 모두 내려놓으시고
한겨울 나목처럼 수척하시지만
백세의 문전을 바라보는 이모님
의술에 기대어 링거가 생명이네

메마른 발등 핏줄로 링거 주사액

온몸에 흘러 혈류에 단비 내리듯
힘겹게 여정을 이어가네

이모님, 부디 몽유를 즐기시고 나서
부디 나아서 제 발길로 창밖을 보세요
홍매화 꽃잎에 이슬이 맺혀 있어요.

－「이모님」 전문

　부모님에 대한 시를 필두로 조카가 이모님의 노환을 염려하는 시라서 인간미가 물씬하다.
　후줄근히 봄비 내리는 요양병원에 입원하시고 깊은 수면에 드신 이모님은 절은 날의 추억을 되새기고 계시냐고 묻고는 부디 꿈속을 즐겁게 거닐고 하루바삐 나아 걸어가서 창밖을 보시라고 하고는 홍매화 꽃잎에 이슬이 맺혀 있다고 봄이 오는 풍경을 보여드리고 싶은 마음이 투명하게 다가온다.

　3.
　풍경화를 그리려다가 마음이 심란하여 반 구상으로 전환하려고 구도를 짜다가 추상화로 심리 상태를 나타냈다고 한들 그림을 관람하는 처지로 마음에 들면 최상이다. 그러므로 자신이 유별나게 좋아하는 사람이 있을 수가 있고, 특별하게 찾아다니는 여행지도 있을 수 있다. 이런 맥락을 짚어보면, 시심을 지니고 원하는 곳을 찾아다니면서 풍류를 즐기는 것도 낭만파 시인에게는 발효하고 있는 술처럼 보름달마저 무르익은 열매로 보이는 경지에 닿기도 한다.

채 시인의 시도 그런 범주다.

> 죽공예 고장 담양에서 삿갓을 써보니
> 김삿갓 시조창이 들리는 듯
> 죽간에 스며있는 방랑 설움 떠오른다
>
> 긴 죽장 부여잡고 구름인 양 바람 따라
> 노닐다가 죽순 향기 주로 취해가니
> 김삿갓의 시조가 태백산맥을 불러 앉힌다
>
> 고달픈 발걸음에 애환을 되새기며
> 방방곡곡에 남긴 흔적을 회상하는데
> 무엇이 타고난 운명인가? 숙명인가?
>
> 삿갓은 가벼운 대나무로 만들어야만
> 비바람과 눈보라를 가리는 모자가 된다
> 대나무 고장 담양에는 퉁소 소리도 곱다.
>
> −「삿갓 쓰고 한 평생」 전문

죽공예 고장 담양에서 삿갓을 썼다는 행간을 읽기만 해도 김삿갓의 시조창이 들리는 듯하다. 죽간에 스며있는 방랑 설움인가, 고달픈 발걸음에 애환을 되새기며 방방곡곡에 거닐며 남긴 흔적을 회상하는 일이 여행의 보람일진대 무엇이 타고난 운명이며 숙명인가를 잠시 접어두고 대나무 고장 담양에 닿으면 마을 어귀에서 들려오는 퉁소 소리도 곱다고 묘사하는 장면에 이르면 마음이 안온한 공감대를 느끼게 되는 묘미가 있다.

　　우직한 소등 근육이
　　빛고을을 지키는 산
　　광주가 겪은 질곡의 역사를
　　꿰뚫어 보고 있네

　　다시는 무돌마을에
　　피로 얼룩진 역사는
　　오지 말게 해주시고
　　쓰디쓴 눈물도 지워주소서

　　지극한 눈으로 내려다보며
　　아침엔 따스한 햇볕으로
　　희망의 광명을 주시고
　　저녁엔 별들을 쓰다듬는 산

가을 수박처럼 시원하고
단내 나는 광주 무돌마을 되게
무등산 산신이시여, 지켜주소서.

‒「무등산 무돌마을」 전문

무등산 무돌 마을의 무돌길은 무공을 극대화하여 내공을 증진 시켜주는 둘레길로 유명하다. 총 15길로 광주 북구 구간(1길~3길) 북구 각화마을에서 시작하여 전남 담양 구간(4길~6길), 전남 화순 구간(7길~12길), 광주 동구 구간(13길~15길) 전남대병원‒조선대학교‒농장다리‒교육대학교를 지나 광주역까지 총 51.8㎞로 역사적 상징성을 갖고 있다.

무돌 마을엔 주막이 줄지어 있다. 행군으로 떨어진 체력을 순간 삭제로 회복하여 주는 천기의 음식이라 불리는 천년 묵은지와 짚불 오겹살, 그리고 무등산 계곡에서 걸러낸 동동주로 여흥을 즐길 수 있다고 채 시인은 고향 자랑도 서슴지 않는다.

□ 나가며

무등산은 이름 그대로 무등산에 오르면 누구나 등급이
같다는 의미이다. 평등한 관계로 남을 따뜻하게 대하는
채 시인도 전라도 기질이 있어서 '풍전세류(風前細柳)'라는
사자성어가 떠오른다.

채 시인의 창작 심경을 그의 권두언에서 찾았다. 시는
무한 허공에 떠도는 영혼들의 보금자리라는 생각에 이르
러서 새벽의 적막은 희로애락을 통한 생사의 진행이라 가
까운 친지나 지인들의 죽음을 되돌아보면 시가 써지고,
아가들의 고사리손을 볼 때도 전류가 흐르듯 시심이 넘실
거렸다고 고백하기에 이른다.

『사색하는 벌레의 산책』에 등장하는 시는 미풍에 흔들리
는 버드나무 줄기처럼 눈에 보이는 그대로 풍경이고, 음
독할수록 물안개가 걷힌 호수처럼 눈이 밝아진다. 눈이
밝아진다는 말은 쉽게 쓴 시지만 예술로 승화하려는 의지
가 쌓여 시를 만나는 동안에 절로 공감대가 형성된다는
의미이다.

남들처럼 자연을 아끼고 고향을 지키고 이웃과 더불어 살면서 자신의 화폭에 남기고 싶은 시를 쓰는 채 시인은 은암미술관장 직책으로 바쁘지만, 가끔 제주도로 여행 와서 미술관을 둘러보고 마시는 제주 막걸리에 반해서 웃음을 함빡 머금는 표정은 천상 낭만주의 시인이다. 앞으로 더욱 차원 높은 발상전환으로 내공을 쌓고는 독자와 더불어 삶의 가치를 보람차게 나누리라고 믿는다.

사색하는 벌레의 산책

채종기 지음

발 행 처 · 도서출판 청어
발 행 인 · 이영철
영   업 · 이동호
홍   보 · 천성래
기   획 · 남기환
편   집 · 방세화
디 자 인 · 이수빈 | 김영은
제작이사 · 공병한
인   쇄 · 두리터

등   록 · 1999년 5월 3일
(제321-3210000251001999000063호)

1판 1쇄 발행 · 2022년 1월 10일

주소 · 서울특별시 서초구 남부순환로 364길 8-15 동일빌딩 2층
대표전화 · 02-586-0477
팩시밀리 · 0303-0942-0478

홈페이지 · www.chungeobook.com
E-mail · ppi20@hanmail.net
ISBN · 979-11-6855-003-2(03810)